Título original: *Anne Frank*
Traducción: Ana Nuño
© de la firma de Ana Frank © Getty Images, Hulton Archive
© Introducción: Anne Frank-fonds, Basilea
© de la traducción de la introducción: 1993, Random House Mondadori, S.A.
© 2005 para la lengua española:
Lumen, Random House Mondadori S.A.
Travessera de Gràcia, 47-49. 08021 Barcelona
Publicado por primera vez en Reino Unido
por Random House Children's Books
© Texto: 2005 Josephine Poole
© Ilustraciones: 2005 Angela Barrett
ISBN 1-93033287-4

Ana Frank

Josephine Poole

Ilustraciones de Angela Barrett

LECTORUM   Lumen

«Nos veo a los ocho y a la Casa de atrás, como si fuéramos un trozo de cielo azul, rodeado de nubes de lluvia negras, muy negras. La isla redonda en la que nos encontramos aún es segura, pero las nubes se van acercando, y el anillo que nos separa del peligro inminente se cierra cada vez más. Ya estamos tan rodeados de peligros y de oscuridad, que la desesperación por buscar una escapatoria nos hace tropezar unos con otros. Miramos todos hacia abajo, donde la gente está peleándose entre sí, miramos todos hacia arriba, donde todo está en calma y es hermoso, y entretanto estamos aislados por esa masa oscura, que nos impide ir hacia abajo o hacia arriba, pero que se halla frente a nosotros como un muro infranqueable, que quiere aplastarnos, pero que aún no lo logra. No puedo hacer otra cosa que gritar e implorar: "¡Oh, anillo, anillo, ensánchate y ábrete, para que podamos pasar!".»

El Diario de Ana Frank, noche del lunes, 8 de noviembre de 1943

La historia de Ana Frank comienza con una niña cualquiera, alguien con quien podrías haber compartido pupitre en clase. Tenía unos ojos grandes color de avellana y el cabello ensortijado y oscuro. Era una niña popular y llena de vida que estaba siempre rodeada de amigos.

La mayor parte del tiempo, Ana se sentía en la cima del mundo. Pero a ratos tenía miedo. No le faltaban razones: Adolf Hitler gobernaba Alemania por aquel entonces y había jurado que se desharía de los judíos.

Ana Frank era una judía alemana.

~

Ana nació en Francfort el 12 de junio de 1929. Desde el comienzo se hacía escuchar. ¡No paraba de chillar! Cuando su hermana, la pequeña Margot, se asomaba a la cuna, no podía evitar reír. Su hermanita Ana tenía una mata de pelo color negro y unas orejas que asomaban como las de un duendecillo.

La familia de Ana era afortunada. Tenía dinero y el padre tenía trabajo. Pero para mucha gente en la Alemania de aquellos años, la vida era una implacable lucha.

Se culpó a Alemania de haber iniciado la Primera Guerra Mundial y tuvo que pagar grandes cantidades de dinero en compensación por la destrucción causada. Aquél fue un severo castigo. Diez años después de finalizada la guerra, Alemania estaba sumida en la más absoluta pobreza.

Demasiada gente se encontraba sin trabajo. Muchos no tenían qué comer. Pero todos sabían lo rica y poderosa que había llegado a ser Alemania, una de las más grandes naciones del mundo. De tal modo que los alemanes se sentían cada vez más enfadados y desgraciados. Buscaban echarle la culpa a alguien, y fue entonces cuando las cosas comenzaron a cambiar de un modo espantoso para los judíos.

Había un hombre llamado Hitler —un hombrecillo rígido con bigote— que hablaba todo el tiempo y prometía grandes cosas. A su alrededor se congregaban grandes multitudes. Eran personas sin trabajo, sin esperanza. ¡Cómo extrañarse de que lo aclamaran cuando prometía devolver a Alemania su poderío y riqueza!

Hitler odiaba a los judíos y no le importaba contar toda clase de mentiras acerca de ellos. ¿Quién tenía la culpa de todos los problemas de Alemania? Hitler conocía la respuesta. Acusó a los judíos de quedarse con los mejores puestos de trabajo y arrebatarles el pan de la boca a los trabajadores. Y esto no era justo, porque los alemanes eran especiales: ¡la mejor raza del mundo!

Así que más y más personas acudían a oírle y a votar por el Partido Nazi, el partido de Hitler. Al comienzo no suponía una amenaza, era sólo una chispa. Pero la chispa se convertiría en llama y la llama en un incendio que acabaría arrasando toda Europa antes de ser apagado.

Se podía atemorizar a los judíos de muchas maneras y hacer que se sintieran despreciados, incluso a los niños.

En la escuela, los niños comenzaban a fijarse en quién era judío.

Algunos se burlaban de sus compañeros y llegaban a intimidarlos. Era un trago muy amargo para los niños judíos ver cómo chicos y chicas que habían sido sus amigos los zarandeaban e insultaban.

Y pronto tuvieron que sentarse aparte, en un rincón del aula.

Era aún peor en el mundo de los adultos. La gente dejó de dirigir la palabra a sus vecinos judíos. Las vitrinas de las tiendas judías eran destrozadas. Los judíos eran acosados en la calle, incluso les propinaban palizas las bandas de pandilleros que Hitler llamaba sus Tropas de Asalto. Si los judíos trataban de defenderse, los arrestaban y deportaban.

Al comienzo, los judíos se sintieron desconcertados ante tanto odio. Pronto sintieron miedo. Muchos abandonaron Alemania. En cuanto al señor Frank, preocupado por su familia, encontró trabajo en Holanda y un piso no muy caro para todos ellos en Amsterdam.

Ana se quedó acompañando a su abuela durante el traslado. Se reunió con su familia el día del octavo cumpleaños de Margot. ¡Qué sorpresa! ¡Ahí estaba la pequeña Ana, encaramada como un duendecillo sobre la pila de regalos de Margot!

El edificio de apartamentos donde vivían los Frank tenía un jardín. Todos los niños del vecindario salían a jugar cuando hacía buen día. Se paraban de cabeza, jugaban al escondite entre los matorrales, patinaban deslizándose por el pavimento. Para avisar a sus amigos, no llamaban a la puerta ni tocaban el timbre. Les bastaba con silbar una melodía que todos conocían. Ana no había aprendido a silbar, así que tenía que cantarla.

Una mañana de invierno Ana acompañó a su padre a la oficina, donde conoció a la asistente de su padre, que se llamaba Miep. Miep ayudó a Ana a quitarse su abriguito de piel blanco y le dio un vaso de leche. Le enseñó a usar la máquina de escribir. ¡Ana era precisamente el tipo de niña lista que a Miep le hubiese gustado tener de hija!

Miep no podía saber que un día su vida correría peligro debido a los Frank, pero se encariñó con Ana desde el primer momento.

Ana y Margot iban a distintos colegios. Por fortuna, ya que Ana era traviesa en la escuela. ¡Nada que ver con su hacendosa hermana! A Ana nada le gustaba tanto como contar chistes y hacer muecas hasta que toda la clase, incluso los maestros, se echaba a reír.

A las amigas de las dos hermanas les encantaba ir de visita a su casa, ya que la señora Frank cocinaba los más deliciosos dulces. ¡Y cuando el señor Frank se sumaba a ellas se convertía en la estrella de la fiesta! Siempre se le ocurría alguna historia divertida que contarles o les enseñaba un juego que acababa de inventar. Todos los niños lo querían.

Pero nadie podía olvidar la campaña de odio desatada por Hitler. Muchos judíos alemanes huían a Amsterdam, y el señor y la señora Frank escuchaban angustiados las horrorosas historias que contaban. Historias de intimidaciones feroces, de campos donde sin ninguna razón se encerraba a la gente y se le obligaba a trabajar para los alemanes.

Y llegó el momento en que el poderoso
ejército alemán comenzó a avanzar. Gran
Bretaña y Francia le declararon la guerra, pero
las tropas germanas lo barrían todo a su paso.
Pronto vieron los holandeses, indefensos, cómo
los soldados alemanes desfilaban por las calles
de Amsterdam.

De nuevo los judíos eran brutalmente
atropellados, y los ciudadanos holandeses no
tardaron en comprender que era peligroso
tomar su defensa.

Se ordenó a todos los judíos mayores de seis
años que llevaran puesta una gran estrella
amarilla con la palabra *Jood* impresa. Hasta a los
más pequeños se les podía prohibir la entrada en
lugares públicos, como parques y cines y piscinas.

A Ana le encantaba ir al cine, pero ahora ya
no la dejaban entrar. Tenía que conformarse
con su colección de carteles de celebridades,
sus instantáneas y postales. ¡Nadie se tomaría
la molestia de quitárselas!

Era demasiado tarde para huir hacia otro
país. Y las cosas sólo podían empeorar.

El señor Frank trabajaba en un gran edificio a orillas del canal. Algunas de las habitaciones traseras de la parte alta estaban vacías. Poco a poco, cautelosamente y a escondidas, trasladó muebles y provisiones a este anexo del edificio, e hizo que instalaran un inodoro y un lavabo. Si los alemanes los hubieran descubierto, a él y a sus valientes amigos holandeses, el castigo habría sido terrible.

Pero todo salió bien. Ahora estaba preparado si estallaba una crisis. Y no tardó en estallar.

Margot había cumplido dieciséis años. Un día del verano de 1942 llegó una carta, donde le ordenaban que abandonara su hogar y se presentara al servicio del trabajo obligatorio. Esto quería decir trabajar para los alemanes. Probablemente su familia no la volvería a ver nunca más.

Tenían que desaparecer, y rápido. A Ana y Margot les dijeron que recogieran sus tesoros más preciados. Con el corazón en la boca, Ana llenó un maletín con sus objetos más queridos: libros escolares, cartas, un cepillo y unos rizadores de cabello, pero sobre todo, el diario que le habían regalado en su último cumpleaños. Lo guardó todo con manos torpes y temblorosas.

Al día siguiente, temprano por la mañana, se enfundó varias camisas y pantalones, dos pares de medias, un vestido, una falda, una chaqueta, un impermeable, un macizo par de zapatos, un gorro y una bufanda. Sólo así podía llevarse su ropa —cualquier judío que cargara con una maleta levantaría sospechas.

Dejaron el piso con las camas en desorden y el fregadero lleno de platos sin lavar, y un pedazo de papel con una dirección falsa garabateada, para despistar a los vecinos. Ana se despidió de Moortje, su gatito querido. Lloraba amargamente, ya que ¿quién podría asegurarle que volverían a verse otra vez?

Miep los estaba esperando en la oficina del señor Frank. Rápidamente y sin hacer ruido, la siguieron por un largo pasillo y subieron por una escalera de madera que daba a una puerta gris. Por ella se llegaba al refugio secreto.

Ana miraba sorprendida a su alrededor. ¡Su padre había hecho todo esto, lo había preparado todo, sin decir nada a nadie! ¡Pero cuánto desorden! Cajas y cartones, cosas apiladas y amontonadas… La señora Frank y Margot sólo alcanzaron a desplomarse en las camas ante este panorama, agotadas de tanto miedo y nerviosismo. Así que Ana y su padre se pusieron manos a la obra para ordenarlo todo.

Desde esa mañana, día tras día, semana tras semana, tuvieron que permanecer ocultos. Durante las horas en que había actividad en el edificio, tenían que guardar silencio en el refugio como ratoncitos; no podían ni siquiera abrir un grifo o vaciar el inodoro. Estaban en constante peligro de ser descubiertos y denunciados a la policía. ¡Cuánto anhelaban las visitas de Miep cuando los empleados se habían marchado! Siempre estaba de buen humor y les traía noticias de lo que sucedía, junto con periódicos y libros para pasar el rato, y cosas que les traía de la compra.

Tener que permanecer callada durante todo el día… ¡Aquello era casi insoportable para alguien como Ana!

El reloj de una iglesia cercana la reconfortaba. Daba los cuartos, y ello le recordaba que aún existía un mundo ahí afuera donde los niños iban al colegio y jugaban juntos y no les aterraba que los vieran u oyeran.

Pronto se mudó a vivir con ellos otra pareja con su hijo, Peter. Ahora había siete personas escondidas en el exiguo refugio, y pronto llegaría una octava. ¡Cómo extrañarse de que se sintieran irritados y molestos todo el tiempo!

Ana era la más joven, y la que más sufría. Era inteligente e imaginativa, nerviosa y sensible, y de todos modos habría tenido una adolescencia difícil. Ahora tenía la sensación de que siempre se le echaba la culpa cuando algo salía mal, mientras que nadie criticaba a Margot. Quería a su padre más que a nadie, pero incluso él a veces la reñía, y eso no podía soportarlo. con fecuencia lloraba en su cama de noche.

Necesitaba desesperadamente a alguien con quien hablar, alguien que pudiera comprenderla. No podía ser Margot, tampoco Peter, que era perezoso y mimado, y que no le gustó nada al principio. Se volcó en su diario, el diario de sus cartas dirigidas a «Querida Kitty», una niña que había conocido hacía tiempo. Ahora anotaba hasta sus más íntimos pensamientos porque Kitty no podría leerlos, de manera que no podía inventar historias. Aquel librito era su secreto más preciado.

Describía la vida en el refugio, las riñas y los dramas. Escribía acerca de su amor por la naturaleza, que para ella se limitaba al pedazo de cielo y la copa del castaño que veía a través de la ventana del ático. Escribía sobre el miedo, un miedo pánico.

Sus sentimientos hacia Peter cambiaron a medida que se hacía mayor. Comenzó a comprenderlo. Se querían cada vez más, y ella empezó a escribir sobre el amor y la esperanza.

Cuando el librito estuvo lleno, Miep le trajo más papel.

Por las noches bajaban todos a la antigua oficina del señor Frank a escuchar la radio. Ana se acercaba a veces a la ventana y escrutaba a través de las cortinas. Qué raro se le hacía mirar a la gente en la calle, como si ella fuera invisible, como si estuviera envuelta en un manto mágico sacado de un cuento de hadas. Todos parecían tan apurados, tan ansiosos, y sus ropas estaban tan gastadas. Pero Ana misma iba vestida como un espantapájaros, y no había nada que hacer.

Alemania estaba perdiendo la guerra. Al llegar la noche, oleadas de bombarderos pasaban sobre sus cabezas en su ruta hacia las ciudades alemanas que iban a destruir. Su hostil bramido hacía vibrar el cielo nocturno. Si una bomba cayera en el refugio, todos los que estaban dentro morirían.

Pero por ese entonces Ana ya estaba enamorada de Peter, o casi. Sentada a su lado en el ático, sintiendo su brazo protector sobre sus hombros, se sentía feliz. Hablaban de lo que pensaban hacer cuando acabara la guerra, a veces, se quedaban así, sentados, sin pronunciar palabra, mientras pasaba otro día y la luz del cielo lentamente declinaba. Era un amor tan dulce y frágil como las flores del castaño que veían por la ventana.

Como la guerra estaba a punto de terminar, quizás los habitantes del refugio dejaron de ser todo lo cuidadosos que habían sido al comienzo. El caso es que alguien notó algo y los denunció.

Hubo quien reclamó el dinero de la recompensa que los alemanes pagaban por cada judío capturado.

Y empezó la pesadilla.

Se oyeron los golpes, el estrépito del allanamiento. Ruidos de botas en las escaleras, hombres rudos y armados en uniforme. Estaban atrapados, no había adónde huir, no había dónde esconderse…

Y de repente, el inmenso espacio abierto, la luz y el aire… todo ello aturdidor para quienes habían vivido encerrados durante más de dos años.

El 4 de agosto de 1944 se llevaron a los ocho refugiados. El refugio fue asaltado y saqueado.

Cuando Miep subió la escalera en la noche de aquel fatídico día, se encontró con un auténtico caos. Las páginas del diario de Ana estaban desperdigadas por el suelo. Miep las recogió y guardó el diario en un cajón, con la imposible esperanza de que la familia algún día regresara.

Sin embargo, sólo el señor Frank regresó después de la guerra. Lo habían separado de su esposa e hijas. Sabía que su mujer había muerto. Y rezaba por la suerte de Ana y Margot.

Pero las dos habían muerto de tifus en un campo de concentración alemán. Cuando llegó la mala noticia, fue a su oficina y se sentó en su escritorio. Se sentía terriblemente solo. Nada le quedaba ya.

Pero Miep no olvidó el diario. Lo buscó y se lo entregó, diciéndole:

—Esto es para usted, de parte de su hija Ana.

Ana Frank era tan sólo una niña, y su corta vida había acabado.

Pero su historia apenas comenzaba.

¿Qué sucedió con el diario de Ana después de la guerra?

Amigos de Otto Frank le animaron a que publicara el diario de Ana. Los 1.500 ejemplares de la primera edición, con el título *El refugio secreto*, fueron publicados en Holanda en junio de 1947 por la editorial Contact. En 1950 se publicó la primera traducción del diario al alemán, y las versiones en inglés aparecieron en Inglaterra y Estados Unidos en 1952. En 1955 se llevó a escena por primera vez una adaptación dramática de *El diario de Ana Frank*, y en 1959 se realizó la primera película basada en esta obra. La casa donde Ana se escondió durante más de dos años abrió sus puertas transformada en museo en 1960, y en ella se conserva el original del diario. Aproximadamente un millón de personas visitan cada año la Casa de Ana Frank. Está ubicada en el centro de Amsterdam, en el 267 de Prinsengracht.

Los datos del museo son los siguientes:

Casa de Ana Frank
Apartado Postal 730
1000 AS Amsterdam
Holanda

Teléfono: +31 (0)20 5567100
Página web: www.annefrank.nl

El Diario de Ana Frank es actualmente uno de los libros más leídos, del cual se han vendido más de veinticinco millones de ejemplares en todo el mundo, y ha sido traducido a más de sesenta lenguas.

Cronología

1918
11 noviembre — Alemania firma el Tratado de Armisticio (acuerdo de paz) en Compiègne, Francia, que puso fin a la Primera Guerra Mundial.

1920
abril — El Partido de los Trabajadores de Alemania (fundado el 5 de enero de 1919) se convierte en el Partido Nacionalsocialista Alemán de los Trabajadores o NSDAP. El término "nazi" es una abreviación del alemán Nationalsozialismus (Nacionalsocialismo).

1921
29 julio — Adolf Hitler es nombrado Führer del Partido Nazi (obtuvo 543 votos y sólo uno en contra).

1925
12 mayo — Otto Frank se casa con Edith Holländer en Aquisgrán, Alemania.

1926
16 febrero — La hija mayor de los Frank, Margot Betty, nace en Francfort del Meno, en Alemania.

1929
12 junio — Nace Anneliese Marie (Ana).

1930
13 septiembre — El Partido Nazi se convierte en el segundo en importancia del Parlamento alemán, después de obtener seis millones de votos en las elecciones.

1932
31 julio — Los nazis obtienen 37,3 % de los votos en las elecciones.

1933 — Las Juventudes Hitlerianas y la Liga de Jóvenes Alemanas se establecen oficialmente como organizaciones juveniles para jóvenes de uno y otro sexo entre diez y dieciocho años.
30 enero — Hitler es designado Canciller de Alemania.
febrero — Los nazis suspenden la libertad de expresión.
marzo — Creación de la Gestapo (policía secreta). Construcción de Dachau, el principal campo de concentración para prisioneros políticos.
1 abril — Los nazis decretan el boicot de los comercios judíos y prohíben a los judíos el ejercicio de la medicina y la práctica legal. La ley de exclusión de los no arios excluye a los judíos del gobierno y la enseñanza.
10 mayo — En manifestaciones organizadas en toda Alemania se queman los libros de autores judíos y de enemigos políticos del estado nazi.

14 julio — Hitler prohíbe todos los partidos políticos, con excepción del Partido Nazi.
verano — Los Frank deciden irse de Alemania. Las hijas se quedan con su abuela en Aquisgrán, mientras Otto Frank se traslada a Holanda.
diciembre — Edith y Margot se trasladan a Holanda.

1934
febrero — Ana se reúne con el resto de su familia en los Países Bajos.
2 agosto — Hitler ostenta el cargo de Canciller y el de Presidente, y se convierte en Führer. Más tarde, suprime el cargo de Presidente.

1936
7 marzo — Los alemanes invaden y ocupan Renania (zona desmilitarizada fronteriza con Francia).

1938
12 marzo — Los alemanes invaden Austria.
9-10 nov. — Kristallnacht (la Noche de los Cristales Rotos): pandillas de nazis saquean y destruyen comercios de judíos y sinagogas en Alemania y Austria.

1939
15 marzo — Alemania ocupa Checoslovaquia.
1 septiembre — Hitler invade Polonia.
3 septiembre — Gran Bretaña y Francia declaran la guerra a la Alemania nazi.

1940
10 mayo — Alemania invade Holanda.

1941
25 febrero — Huelga en Amsterdam en protesta por la brutalidad de los nazis contra los judíos.
4 junio — Limitación de la libertad de desplazamiento para los judíos en Holanda.
22 junio — Alemania invade la Unión Soviética (Operación Barba Roja).
16 julio — La asistente de Otto Frank, Miep, se casa con Jan Gies, trabajador social y miembro de la resistencia holandesa.
11 diciembre — Alemania declara la guerra a Estados Unidos.

1942
9 enero — Prohibición a los niños judíos de asistir a clases en colegios e institutos de Holanda.
1 junio — Todos los judíos de Holanda mayores de seis años deben llevar una estrella de David amarilla.
12 junio — Los padres de Ana le regalan un diario en su decimotercer cumpleaños.

14 junio — Última fiesta de cumpleaños de Ana.
5 julio — Margot es convocada al servicio del trabajo obligatorio.
6 julio — Los Frank huyen al refugio secreto.
15 septiembre — A los judíos se les prohíbe asistir a las universidades.

1944
30 junio — Los nazis imponen el toque de queda a partir de las ocho de la noche a todos los judíos de Holanda.
20 julio — Hitler logra eludir un intento de asesinato.
4 agosto — Las fuerzas de seguridad irrumpen en el refugio después de recibir una llamada anónima de un denunciante que les revela el lugar del escondite.
8 agosto — Los Frank son enviados al campo de tránsito de Westerbork.
25 agosto — París es liberada por los Aliados.
3 septiembre — Los Frank son enviados a Auschwitz en un vagón sellado para transporte de ganado. Fue el último convoy que partió de Westerbork.
4 septiembre — Las tropas aliadas entran en Bruselas.
6 octubre — Margot y Ana son transferidas al campo de concentración de Bergen-Belsen, en Alemania.

1945
26 enero — La madre de Ana, Edith, muere en Auschwitz.
febr./marzo — Ana y Margot mueren de tifus en Bergen-Belsen a escasos días una de la otra.
30 abril — Hitler se suicida en Berlín.
7 mayo — Alemania se rinde.
3 junio — Otto Frank regresa a Amsterdam, donde se reúne con Miep y Jan Gies.

1947
25 junio — 1.500 ejemplares de la primera edición del diario de Ana Frank son publicados en Holanda por la editorial Contact.

1953
10 noviembre — Otto Frank se casa con Elfriede Geiringer y se instala en Birsfelden, Suiza.

1957
3 mayo — Creación de la Fundación Ana Frank en Amsterdam.

1960
3 mayo — La casa que sirvió de refugio para Ana y su familia por más de dos años abre sus puertas convertida en museo.

1980
19 agosto — Muere Otto Frank, a la edad de noventa y un años.